사랑은 종종 뒤에 있다

황금알 시인선 176

사랑은 종종 뒤에 있다

초판발행일 | 2018년 7월 31일

지은이 | 김시탁 · 김일태 · 민창홍 · 성선경 · 이달균 · 이서린 · 이월춘
펴낸곳 | 도서출판 황금알
펴낸이 | 金永馥
선정위원 | 김영승 · 마종기 · 유안진 · 이수익
주간 | 김영탁
편집실장 | 조경숙
표지디자인 | 칼라박스
주소 | 03088 서울시 종로구 이화장2길 29-3, 104호(동숭동)
전화 | 02)2275-9171
팩스 | 02)2275-9172
이메일 | tibet21@hanmail.net
홈페이지 | http://goldegg21.com
출판등록 | 2003년 03월 26일(제300-2003-230호)

ⓒ2018 김시탁 · 김일태 · 민창홍 · 성선경 · 이달균 · 이서린 · 이월춘
& Gold Egg Publishing Company Printed in Korea

값은 뒤표지에 있습니다.

ISBN 979-11-89205-07-2-03810

*이 책 내용의 전부 또는 일부를 재사용하려면 반드시 저작권자와 황금알 양측의
 서면 동의를 받아야 합니다.
*잘못된 책은 바꾸어 드립니다.
*저자와 협의하여 인지를 붙이지 않습니다.
*이 도서의 국립중앙도서관 출판예정도서목록(CIP)은 서지정보유통지원시스템
 홈페이지(http://seoji.nl.go.kr)와 국가자료공동목록시스템(http://www.nl.
 go.kr/kolisnet)에서 이용하실 수 있습니다. (CIP제어번호 : CIP2018020657)

사랑은 종종 뒤에 있다

시문학연구회 하로동선夏爐冬扇 시집 3

황금알

삶도 뫼비우스의 띠처럼

안과 밖이 잘 구분되지 않는다

깊이깊이 안으로 파고들었다 싶으면

다시 밖이고

밖으로, 밖으로 한없이 달려나갔다 싶으면

다시 안이다

어쩌면 가장 먼 것이 가장 가까운 것이 되고

가장 가까운 것이 가장 먼 것이 된다

가장 다른 것이 가장 같은 것이고

가장 다른 것이 가장 같은 것이 된다

우리들의 하로동선夏爐冬扇도

꽃피는 봄날이 지나가고

다시 여름이다

시문학연구회 하로동선夏爐冬扇 일동

차 례

김시탁

김일태

민창홍

성선경

이달균

이서린

이월춘

김시탁

경북 봉화 출생
2001년 『문학마을』로 등단
시집 『아름다운 상처』 『봄의 혈액형은 B형이다』
『술 취한 바람을 보았다』 『어제에게 미안하다』
경남문학 우수작품집상, 경남 올해의 젊은 작가상,
창원시문화상 수상
창원문인협회 회장 역임
현재 경남시인협회 · 경남문입협회 부회장, 창원예총 회장

목련

저 어설픈 화가는 왜 이 시점에
팔레트에 물감을 짜는가
찍찍 새가 갈긴 물똥 같은
엷은 미색을 붓끝에 묻히고 있나

저 어리석은 화가는 어쩌자고
골수가 찬 나무 끝에 꾹꾹 점을 찍나
비린내 나는 계절의 등을 밟고 서서
설익을 생을 자꾸 매달고 있나

어쩌자고 목련은 피고
짜 놓은 물감마다 뿌리내린다
화가의 나이프는 허공은 베고
장이 탈 난 새들은 배가 아프다

가로수 죽이기

인도에 걸리고 전깃줄 덮는다고
전기톱으로 가지를 잘랐다
수도관에 닿는다고 뿌리도 잘랐다

자라던 키가 멈추고
서 있기도 버거웠다
상처가 아물면서 온몸이 뒤틀렸다

아! 그런데 백화 식당 아저씨
간판 가린다고 수시로 가지 치더니
이젠 끓는 물을 붓네요 얼른 죽으라고
죽어야 백화 식당 간판 잘 보인다고

밤마다 물을 펄펄 끓여 갖다 붓네요
상처투성이 벚나무 전신 화상으로
죽어가며 흉터 같은 꽃 피우네요

그 아래서 백화 식당 아저씨
셀카폰으로 씩 웃으며 사진 찍네요.
가오리찜 돼지 두루치기 잘 나왔네요

시집보내지 않겠습니다

요즘 사람들 책 보내줘도 읽지 않고 버린답니다
아무 책이나 받는 것도 귀찮다는 것이지요
겉만 보고 뜯지도 않고 봉투째 쌓아두기도 한다네요
그렇게 쌓인 책은 야식 먹을 때 라면 받침대나
바퀴벌레 잡는 도구로 사용하거나 장롱 모서리에 끼여
평생을 썩기도 한답니다
작가는 가슴으로 키운 자식 하나 채비 들여보냈으니
잘살아주길 바랄 텐데 무슨 비참한 운명이란 말입니까
냄비 받침대 밑에서 얼마나 뜨거울까요
바퀴벌레를 놓친 바닥에 맞는 정수리와 뺨은 또 얼마
나 아프고
안방 장롱 모서리에 끼여 질식사한들 누가 알기나 할
까요
요즘은 둘째만 낳아도 큰돈 준다는데 네 번째 나온 시집
겉봉투를 풀칠하다 말고 생각합니다
이 아이를 아무 데나 시집보내면 골병이 들겠구나
차마 그 소릴 듣고 어떻게 내 새끼 사지로 보냅니까
혼자 살아라 먼지 마시며 구석에 있더라도 아비 곁이니
그래도 여기선 애비가 지켜줄 수 있으니까요

잠 좀 잔다 하여 생이 통째로 거덜 나겠습니까
좀 편히 쉬거라 내 피붙이 소중한 새끼야
기죽지 말고 어깨 펴고 고개 빳빳이 들거라
봉투에 풀질하다 말고 새끼 얼굴 한 번 더 만져 봅니다
고것 누굴 닮았는지 까슬까슬 한 게 좋기만 하네요

연서

햇살 화창한 날 여자한데
뭐 먹을래 묻지 마라
그냥 칼국수나 햄버거로 때우고
믹스 커피 한잔 하면서 물에 던지면
둥둥 떠다니는 일상이나 얘기해라

비 오고 바람 부는 날 여자한데
뭐 하고 있냐고 전화하지 마라
불쑥 찾아가 실내포장 목탁에 앉아
나무젓가락 물어뜯지 말고 파전하나 시키고
잔 부딪치지 말고 막걸리나 마셔라

침묵도 가끔은 대화가 되니
할 말 없으면 그냥 술이나 마셔라
포장 비닐에 정수리를 박는 빗소리나 들으며
홍합 국물 속에 빠진 백열등이나 보자
낮 달이라 생각하고 건져 먹든지

눈발 내리는 날은 여자를 만나

아무도 밟지 않은 눈밭을 걸어라
그 날은 말을 가슴으로 하고
줄 게 있으면 심장을 주고
다시 돌아오면 사라질 발자국이나 남기자

콩 심은 데 콩 나고 팥 심은 데 팥 난다

이웃이 발정 난 암캐를 교미 붙이려 데려왔다
우리 집 누렁이와 합방시켰더니 원수처럼 으르렁대며
피 터지게 싸울 기세라 암컷을 밖에 묶어 두었다
밤중에 개 짖는 소리 요란해 나갔더니 어디서 왔는지
검정 수캐가 누렁이와 싸우고 있었다
누렁이보다 덩치가 크고 힘이 센 놈이었다
누렁이도 필사적으로 싸웠지만 주둥이가 물려 피를 흘
렸다
그날 밤 암캐가 어느 것과 교미했는지 알 수 없다
그리고 두 달 뒤 이웃집 개가 검둥이를 낳았다
누렁이 새끼 데려올 집 짓고 헌 이불까지 깔았는데
검둥이라니 이게 무슨 일인가
누렁이 개밥그릇을 집어 찼더니 아내가 말했다
콩 심은 데 콩 나고 팥 심은 데 팥 나는데 속 끓이지 마소
개 할아비 되겠다고 떠 있던 마음이 청양 고춧가루를
뒤집어쓴 듯
맵고 쓰렸다 누렁이 밭에 검둥이 났다
반나절 걸려 지은 집을 십 분 만에 철거했다
손등이 아려서 보니 가시 하나가 박혀 있었다
장갑 위로 피가 스며들고 있었다

봄이 오는 소리는

유치원 갓 입학한 딸아이
샌들로 마룻바닥 뛰는 소리로
봄은 온다

유치원 한 학기 마친 딸아이
박자 맞춰 조심스레 두드리는 실로폰 소리로
봄은 온다

유치원 졸업반 딸아이
피리 불다 잠시 숨 고르는 부정맥으로
봄은 온다

치매

리모컨을 어디에 뒀는지 모르겠다
어제오늘 일들이 분간되지 않는다
기억의 도랑은 가뭄 든 거북이 등이다
왼손 끝에 침 묻히고
오른손가락으로 신문 넘겼다
이틀 뒤 세탁기 속에서 리모컨을 건졌다

선크림으로 양치하고 마스크 쓴 채
침 뱉었다 치매란다
요양병원 입원동의서에 남편이 서명했다

꽃샘추위 어떻게 견디려고
병실 창가로 목련 봉오리 맺었다
할머니가 기저귀로 창살을 닦았다

목련 가지 툭 부러지자 덜 익은 생이
떨어졌다 치매도 가슴이 아프냐고
문진 오면 의사한테 물어봐야겠다

입원동의서에 서명한 남자는
연락처를 모른다
아이들의 아버지는 그 남자를 알까

부고

회식 도중 문자로 수신된 부고를 보다가
그만 전화기를 곰탕 국물에 빠뜨렸다
얼른 건져서 배터리 분리하고
휴지로 닦고 라이터로 말렸다
확인 못한 메시지가 곰탕을 먹었다
버튼을 누르면 느끼하고 비릿한 기계음을
트림처럼 내뱉었다
삼가 고인의 명복을 빕니다
발인은 내일 새벽 7시 장지는 상복공원
남의 부고를 알리고 자정쯤 전화기는 죽었다
방전된 삶의 영혼과 육체를 분리했다
내일은 전화기부터 살려놓고 문상을 가야겠다
꿈속에 고인이 된 사람과 곰탕을 먹었다
펄펄 끓는 사골 국물 속에서 전화기가 울렸다

완전한 귀가

성선경 시인과 술 거나하게 취해 택시를 탔다
중간에 나는 내리고 택시는 성 시인을 태우고 갔다
내가 내리면서 택시비를 주자 성시인도 나를 보내면서
택시비를 낸다며 지갑을 꺼냈다
그를 태운 택시는 갔고 나는 다른 택시를 타고 왔다
성시인은 택시에 내가 두고 내린 전화기는 가져가고
자기가 꺼낸 지갑은 두고 내렸다
내 전화번호로 전화를 하자 성 시인의 아내가 받았다
성시인의 아내는 몇 분 뒤 모르는 사람의 전화도 받았다
나는 성 시인의 집에서 전화기를 찾고 성시인은
모르는 사람에게 지갑을 돌려받았다
다음날 성 시인에게서 전화가 왔다
우리 이제 술 그렇게 먹지 말자
잃어버린 지갑이 잃어버린 전화기에 대고 속삭였다
둘 다 가죽옷을 입은 탓인지 훈훈했다

금주 5

하루가 짧다

새벽에 목욕 가고 농장 가서 잡풀 뽑고 누렁이 데리고
산책하러 가고 신문 보고 화단에 물 주고 분리수거하고
종편 뉴스 무료 영화 보고 밥 먹고 경제신문 보고 친구
전화 받지 않고 여기저기 연락 하지 않고 누렁이 밥 주
고 똥치우고 물 주고 출근해서 일하고 지방신문 보고 퇴
근해서 종편 뉴스 또 보고 무료 영화 또 보고 책 읽고 낱
말 퀴즈 맞추고 모르는 거 검색하고

하루가 길다

어제 한 거 다하고 어제 안 한 것도 하고 내일 할 것도
하고 잠은 오지 않고 잠은 오지 않고

하루가 지겹다

했던 일 또 하고 했던 생각 또 하고 했던 말 또 하고
가뭄 든 마늘밭에 앉아 담배를 피운다 비 오려나 비 오
려나 비 비 비 비 비 오려나 설마 비 올까 비 오면 좋겠
다 감자밭에 앉아 잡초를 뽑는다 둥글둥글한 생각들이
뽑혔다 소주잔 같은 감자들이 뽑혔다 쑥 쑥 쑥 비 오려

나 쪽파들이 뽑혀 온몸에 기름을 흠뻑 뒤집어쓰고 프라
이팬에 누웠다 빈 병 같은 바람이 불었다 질긴 시간이
속살을 죽죽 찢었다 먹어먹어 꼭꼭 씹어 꼭꼭 자 건배

김 일 태

1998년 『시와시학』 등단
시집 『부처고기』 외 7권
시와시학젊은시인상, 김달진창원문학상, 하동문학상,
창원시문화상, 경상남도문화상, 시민불교문화상 등 수상.
현재 경남문인협회 회장, 이원수문학관 관장,
창원세계아동문학축전운영위원장 등

헛제삿밥

죽어서 먹는 이승의 밥맛을 궁금하게 하는
살아서 먹어보는 저승의 밥

슬퍼할 사람 몇 안 되는 속에서도
얼마 못 가 모두에게 잊혀 질지라도
마지막까지 울어 줄 내 사랑을 생각하게 하는

밥 얻으려 뛴 한 시절 한 시절이
숟가락질 젓가락질 하는 순간으로 다가와
울컥, 목이 메게 하는

내가 나를 위해 메 하나 올려놓고
쓸쓸히 흠향해보는

혀의 힘

모든 욕
입에서 나와 입으로 되들어간다고
바깥으로 혀 내밀지 말라고
누가 말했는가?
평화는
입안에 혀를 지긋이 머금을 때 만들어진다고

아서라, 혀는
쭉 내밀어 핥을 때
비로소 숭고해진다

어미 소가 혀로 머리를 핥자
여린 몸뚱이 벌떡 일으켜 세우는
갓 태어난 송아지

성 모차르트를 추억하며

땀과 물욕의 냄새가 차고 뜨겁게 포개져
비엔나커피처럼 조합을 이루고 있는
케른트너 거리 끝자락 찻집
영화 아마데우스의 한 장면처럼 앉아
비엔나커피를 주문했네
신에 대한 믿음 찬란한 성 슈테판 성당 마주 보며
그대*의 성대한 결혼식과 쓸쓸한 장례식을 벗하며
바닐라 아이스크림처럼 차가우면서도 달달하고
데일 만큼 뜨거우면서도 쓴 커피 맛에 저밀 수 있기를
바랐네
무뚝뚝한 가이드는 허무하게도
비엔나에는 비엔나커피가 없다며 대신
느낌이 비슷한 멜랑쉬라는 커피를 배달해주었네
어리둥절한 채 잠시 그대 삶의 맛을 생각하는 사이
우유와 커피 크림으로 화려하게 치장했던 멜랑쉬는 풀
리고 섞여
달지도 쓰지도 뜨겁지도 차지도 않는
밍밍한 맛으로 나를 맞았네
관광화보 사진의 화려함 뒤에서 끝없이 보수를 하고

있는
  성 슈테판 성당처럼
  그대 죽음 뒷얘기처럼
  비엔나 도심을 흐르는 도나우 강변 화단 꽃송이 떨군
튤립 꽃대처럼
  나도 더불어 싱거워졌네

* 그대: 모차르트
* 멜랑쉬커피: '우울한'이란 뜻을 가졌으며, 에스프레소에 우유를 섞고
  아이스크림으로 장식한 커피

칠월의 이화원은

덥고 짜증스럽다
인수전 앞 용머리 공작 꼬리 단
뭔 뜻인지 알다가도 모를 기린상 때문은 아니다
지친 수양버들 바람 몇 가닥 쥐고 축축 늘어져
곤명호수에 머리 담그고 있는 때문만도 아니다
여름 나려 찾아든 왕녀의 성노리개로
낙수당樂壽堂 앞문으로 용선 타고 들었다가
문창각 호수 연꽃처럼 사라져 간 청춘들이 보고 있는데
수목자친水木自親 하며 살겠다고
전각 현판에 새긴 우스운 글 때문만도 아니다
한마디 역사도 증언 못 하고
호위무사처럼 멀거니 장랑長廊을 지키고 서 있는
측백 향나무들 때문만도 아니다
천정의 그림만큼 무수한 죄업 쌓고서도
복 받으려 지어놓고 불공드렸다는 만수산 절집
불향각이 뙤약볕처럼 호수를 내려다보고 있어
이화원은 덥고 짜증스럽다

* 이화원: 서태후가 여름철에 집무 겸 휴양처로 사용했던 중국 최대 규모의
  황실 정원으로 평지를 파내어 만든 인공호수 곤명호가 있으며, 이 흙으로
  쌓아 인공으로 만든 만수산에 만수사라는 절이 있다.
* 낙수당: 서태후의 거처. 집권 시 젊은 남성 편력이 심해 동침 후 죽였다고
  전한다.
* 장랑: 서태후가 비 맞지 않고 구경하려 만들었다는 728m 회랑, 중국
  고전문학에 나오는 14,000여 점의 다른 그림들이 그려져 있다.

무톡톡에 대한 해명

카톡 답장 더디다고 나더러 무톡톡이라고?
아니야
사람보다 휴대전화를 더 믿어야 하는 세상에 무슨 가
당찮은 소리
그저 요즘 주고받는 말이 너무 많아
도대체 생각이라고는 할 겨를이 없어서
그리워할 여지조차 없이 들이대는 시대를 살고 있어서
톡톡 서로 두드려 일 없이 궁금하게 만드는 짓
좀 줄이면 어떨까 생각해보는 정도지
꼭 무소식이 희소식으로 여기던 시절이 좋아서 그런
건 아냐
단지 헤프게 말 많이 말라시던
아버지가 옳았다는 생각
예순 넘긴 요즘 더러 하지
무톡톡, 아냐
아버지 닮아 조금 무뚝뚝이 일 뿐이야

백월산

다 올랐을 성 싶은데
또 오르막

다 내려왔을 성 싶은데
아직 내리막

그때 그 두 사내도
그랬을 것이다

그때 그 두 분 부처도
그랬을 것이다

* 두 사내, 두 부처: 창원 외곽 백월산에서 득도한, 삼국유사에 실려 있는
  두 성인 달달박박과 노힐부득.

서호에서

해 뜨고 질 무렵이 보기 좋다 했는데 멀건 대낮이었네
배고파야 얘깃거리가 만들어진다는데
기름진 중식 배불리 먹고 갔네
시월의 끄트머리인데도 물가 나뭇잎들은
몰려드는 인파 때문에 제 빛깔로 물들지 못하고 있었네
서호*의 쑤디 바이디* 빙 두른 플라타너스 수양버들
서로 어깨 짚고 대하大河의 문장처럼 줄지어 있었네
역사는 서로 기대어 쓰는 거라며
세상의 뭇소리들이 유혹해도
그저 물속에 잠긴 천 년 이력 물끄러미 훑어보고 있었네
문인묵객 향한 그리움 익을 새도 없이
발동소리 없는 전기배로 한 시간 남짓 서호 천 년을 유
람했네
　달구경 좋다는 고산 전망대 위로 구름 몇 송이 머물고
이야기를 에둘러 지어 붙인 단교 위에는
애절한 이별 대신 무덤덤한 사랑들이 팔짱끼고 오갔네
관광 상품 매장에 밀려난 모퉁이 손수레 과일가게에서
이름 낯선 샹꾸냥* 한 봉지 사 씹으며
영문 모르고 역사의 중심이 되었던 그녀를 생각했네

역사는 묵묵부답인데 서씨의 입내 같은 향이 입안 가
득 고였네

* 서호: 항주에 있는 중국의 대표 관광지이며 세계문화유산으로 중국의 4대
  미인 중 한사람인 월나라의 서씨와 관련하여 이름 붙여진 호수.
* 쑤디蘇堤, 바이디白堤: 대시인 소동파와 백거이를 기념해 붙인 서호의
  10경 중 으뜸가는 제방 이름.
* 샹꾸냥: 향기로운 아가씨라는 뜻을 가진 상큼한 맛의 꽈리처럼 생긴
  아열대 산 과일.

옹이

상처의 기억은 울퉁불퉁하다
꽃이라 말하지 마라
드러나지 않는다고
잘 아물었을 거라고
함부로 넘겨짚지 마라
적당히 봉합된 흉터
궂은 날마다
가렵다

분재

눈물이 모자라 울다 만 적 있었다
돌지 못하고 고인 슬픔
자축의 꽃이 될 줄 몰랐다

아프다 말도 못한 적 있었다
견뎌내기 위해 비튼 것이
나를 단단하게 할 줄
몰랐다

한생 구비 진 길 위에서 보았다
나를 가꾼 게
물과 햇볕 바람이 아니라
상처였다는 걸

버려진 발우

고운 빛깔로 빚었던 한 생
뜬구름 같다고
하루 세 번 담던 곡기 마다하고
이제는 색마저 버리고 있다

이승의 이름 지우고 싶은 것인가
요사체 모퉁이에서
열반에 든 듯

대웅전 부처님께 올린 적선의 염력으로
온 사바가 적막하다

민창홍

1960년 충남 공주 출생
1998년 『시의나라』, 2012년 『문학청춘』 등단
시집 『금강을 꿈꾸며』 『닭과 코스모스』
서사시집 『마산 성요셉 성당』
경남문학 우수작품집상, 제4회 경남 올해의 젊은 작가상 수상
2015 세종도서 나눔 우수도서에 『닭과 코스모스』 선정

캥거루 백을 멘 남자
— 타조

날고 싶었다
그것은 언제나 꿈, 부질없는 세월
어깻죽지가 늘어지고 오십견의 고통에도
원죄의 무게가 짓누르며 퇴화하는 날개
눈물 흘리는 것도 그 시절엔 사치였지
울안에 갇혀 돌아다니는 것도 이젠 이골이 난 듯
산에 들에 가면 개망초 허허롭게 피어서
두 발로 뒤뚱거리기 시작했다
날아가는 꿈 대신 더 뛰어야 한다는 강박관념
먼지 풀풀 날리는 신작로의 코스모스처럼 움츠려야
했고
국기봉 앞에서 몸부림치는 태극기처럼 정갈해야 했고
어깨를 부딪치며 자라난 날개가 펴지지 않을 때도
절망보다는 굴뚝의 연기와 구름 속을 나는 꿈을 생각
했다
계단을 오르며 이따금 바라보는 푸른 하늘
주어진 날개를 놔두고 달려야만 하는 신세
늘 고고하게 잠망경 같은 긴 목 흔들어
먼 산 바라보는 습관, 가족을 생각하게 하고

하이에나가 탐내던 그 큰 알
독수리들이 감시하며 시기하고 여우들의 술수까지
날지 못하는 설움은 바위에 깨어져
통곡하다 목이 멘 메아리는 광야로 뻗어 나가
몸은 무거워지고 뱃살은 불어나
밤마다 날아가는 꿈을 꾸며
밤마다 날아가는 잊혀진 기억을 두드리며
사막을 달리고 있었다

캥거루 백을 멘 남자
— 신문

두 개의 조간신문
거꾸로 읽는다

거꾸로 읽는 글자들 부딪혀
진실을 토해낸다

같은 목소리
다른 울음소리

그른 것도 옳다고 해야 하고
옳은 것도 그르다 해야 하는

활자의 크기만큼
느릿느릿 기어가는 매일

할 일이 없어서도 아니고
세상사에 지나친 관심도 아니고

거꾸로 하는 수업만큼 어려운 시간

식탁에 올릴 화제 한 점을 위해
당도 높은 과일 같은 것을 위해

거꾸로 수업을 한다
거꾸로 신문을 읽는다

캥거루 백을 멘 남자
— 우산

서류봉투 하나로 횡단보도를 달리는
내 젊은 날의 자화상
윈도 브러시가 빠르게 작동하며 지워내고

천둥번개 빗줄기에 채찍을 가하고
젊은 남녀는 우산 속에 갇혀 있다
사랑의 밀어는 휘어지고 찢어져 나뒹굴고
언제 그칠지 모르는 비

요즈음 젊은 세대들에게 물어보면 안 되는 말
– 부모님 다 계시나?

우산을 쓰고 비를 피한다는 것
언제 그칠지 모르는 삶을 위해 끊임없이 뛰어간다는 것
댓살에 비닐이 찢어진 우산도 버티는데
자동차의 유리창은 요란하다

요즈음 중년 세대들에게 물어보면 안 되는 말
– 자녀는 다 잘 삽니까?

아플 때 밤새 나를 지켜주시던 어머니
매운 연기 마시며 금 나와라 뚝딱하고 만들어주신 성찬
누나도 동생도 등잔불 아래 모여들던 밤
비가 내려도 눈이 와도 바람이 불어도
걱정 없던 그 날 밤, 초보운전을 하듯 기억은 조심스
럽고

무너져가는 우산 속 금기어들
묻지도 따지지도 못하는 캥거루 한 마리
낯선 지역을 여행하듯 궁색해진 언어들
비를 맞는다

캥거루 백을 멘 남자
― 남바위

천생 여자다, 꽃과 풀의 빛깔을 입은 한복
요즘 보기 드문 천생 여자다
바늘로 한 땀 한 땀 시간을 깁는 아파트 거실

비키니 입은 여인 채양 넓은 모자 쓰고
텔레비전 화면에 알짱대는데
돋보기 쓰고 바늘땀을 꽂는 손끝

손가락에 구멍 내며 만든 방한모
봉술과 구슬이 늘어진 털
겨울 여인의 머리에서 꽃피고

쪽 찐 머리 감싸고 조신하게 차려입은 한복
흰 눈 뽀드득 뽀드득 밟으며 걸어갈
여인의 법도 같은 멋스러움이여

삯바느질 밤샘으로 눈이 침침한 할머니
따뜻한 손길에 내리던 눈발
실수로 찌른 바늘 끝으로 이어지는 핏방울

천생 여자다, 과일의 빛깔을 입은 한복
요즘 보기 드문 천생 여자다
어머니의 숨결 깁는 아파트 거실, 바늘 한 땀

캥거루 백을 멘 남자
— 돼지저금통

부자가 되기로 마음먹던 날
난 단숨에 부자가 되는 줄 알았다
바지 호주머니 출렁대는 동전들
오갈 때 없어 한 푼 두 푼 던져놓다가
돼지가 품 안으로 달려드는
엄청난 꿈에 부풀어 돼지를 한 마리 장만했다
돼지 등에 비수를 꽂으며 동전은 쌓이고
백 근쯤 나갈 무게는
온 동네 사람들이 먹고도 남을 것 같다
티끌 모아 태산이라고 했던가
티끌은 모았으되 태산이 되지 못하는 돼지 앞에
나는 절망했다
결혼한 아들 녀석 전세금도 못 되는 돼지
태산을 울리는 손자 녀석의 울음소리
다달이 날아오는 카드영수증
나도 받은 것이 없으니
너에게 줄 것도 없다는 것은
너무 무책임하다고 느낄 때
돼지 목에 꽂은 칼 선지피를 쏟아냈다

종이 통장도 사라진다는 뉴스
종이 통장이 사라지기 전에
태산처럼 쌓고 싶었던 욕심 제 자리로 돌려놓고
손자 놈 초등학교 입학선물이나 주리라
출렁대는 동전들

캥거루 백을 멘 남자

— 동행

어찌 된 일일까
아내가 새로 사준 구두 바닥의 무늬
가지런하게 찍힌 눈 위의 발자국
분명 잠을 자고 있었는데

내 의지는 아니다
누구의 뜻인가

그대의 말을 듣지 못하고
나를 숨기고 숨다가
끝내 드러내지 못한 유년의 초상

내가 걸어온 것이 아니다
누가 나의 구두를 신고 걸었단 말인가
혹시

버리지 못한 추함에 미를 채색하는 일상
덩그렇게 남아있는 초가집
한국화의 여백 같은 눈 위

발자국

밤을 걸어온 흔적
내가 걸어가야 할 길
외롭지 않다

캥거루 백을 멘 남자
― 꼬리잡기

아이들이 꼬리잡기 놀이를 한다
서로의 꼬리 잡히지 않으려고 활처럼 휘어졌다
또 늘어지며 너울을 만든다

전봇대에 오줌을 갈기고 코를 벌름거리는
놈이나 꼬리가 있는 거야

꼬리가 어디에 있어
원래 꼬리는 없어

갑자기 꼬리를 만져보고 싶었다
꼬리가 없다
꼬리 잘린 도마뱀처럼

고꾸라지며 무너져 내리는 아이들
함성은 꼬리를 잘랐다
누가 말하는가, 본래 꼬리는 없었다고

균형이 무너지고 꼬리는 사라졌다

사라진 꼬리를 찾기 위한 몸부림
도약의 시작이다

캥거루 백을 멘 남자
— 동물원

괜찮아, 뭣이 괜찮아요?
공감

고기와 함께 알찜의 저녁 메뉴는 생소한 호강
처음 직장에 출근하는 날
후르르 입에 털어 넣던 생달걀처럼
노른자의 찝찝한 비린내 걷어내다 보면
맹수를 물어뜯지 못해서
날개가 없다는 이유로 갇힐 수밖에 없어
견학 온 아이들의 웃음거리가 되기 싫은 까닭에
길들어야지

괜찮아, 뭣이 괜찮아요?
공감

숲으로 가야지 뒤도 돌아보지 말고 가야지
똥을 주제로 한 박물관
엉거주춤 앉아서 볼일 보는 아이
빛나는 황금은 영혼을 맴돌고

자전하는 지구처럼 살다가 머물 그 어떤 곳에서
손을 잡으면 금방 눈물이 될 것 같은
아버지의 목소리 어머니의 손
우산을 쓰고 비를 피해야지

괜찮아, 뭣이 괜찮아요?
공감

학습하고 학습되는 일을 반복하고 싶지 않다
지혜는 반복으로 얻어지는 것
아니다, 반복은 언제나 제자리다
그의 눈 밖에서 우리를 넘어설 눈치만 보는 것
외롭고 쓸쓸해도 사막의 밤을 겁 없이 달려보고 싶은 것
피곤이 청해보는 깊은 잠, 밤이슬 흠뻑 젖어 보는 것
새벽 기차를 타고 떠나고 싶은 것이다

괜찮아, 뭣이 괜찮아요?
공감

캥거루 백을 멘 남자
— 재난문자

벽이 높다

개가 짖는다

담이 흔들린다

지진인가?

3층 높이의 나무가 이따금 바람을 보낸다

30년 전 푸릇푸릇 돋아나던 나뭇잎
푸르고 싱싱하게 성장한 나무
명예퇴직하는 동료를 보내듯 단풍잎 날려 보내고

창살을 사이에 두고 손 내밀어 주시는
접견실 수녀님의 기도처럼

그녀가 있는 안과
내가 있는 밖은

분명하게 그어진 선

개가 짖고 담이 흔들려도
벽은 벽이다

담쟁이처럼 씩씩하게 머리를 들고 갈까나

거실 등이 흔들리고
어지럽고 매스껍다

핸드폰을 보채는 재난 문자

캥거루 백을 멘 남자
— 사향思鄉

우포늪 거닐다가
물총새가 물어다 주는 뽕나무 잎 들춰보고
오디를 따서 입에 넣는다

나무 끝에 매달린 위태로운 새집 온몸으로 짹짹거리고
부르트도록 발을 담그고 서 있는 주목
땀을 식히는 농부처럼 푸른 이마 하늘에 내민다

노랑부리백로 얼쯤하게 고개를 들다가
붉은 노을 속에 머리를 처박고
어머니가 담근 오디주 한 잔에 취한다

풀을 뽑으며 새끼들 줄 남새를 가꾸는
여름이 가져다준 아버지의 폐렴처럼
스멀스멀 기어가는 녹색의 벌레

둥지의 새끼들은 얼마나 좋을까
이름도 기억하지 못하는 새 한 마리
물살을 일으키고

성 선 경

1988년 한국일보 신춘문예 등단
시집 『까마중이 머루 알처럼 까맣게 익어갈 때』
『파랑은 어디서 왔나』『석간신문을 읽는 명태 씨』
『봄, 풋가지行』『진경산수』『모란으로 가는 길』
『몽유도원을 사다』『서른 살의 박봉 씨』
『옛사랑을 읽다』『널뛰는 직녀에게』
시선집 『돌아갈 수 없는 숲』
시작에세이 『뿔 달린 낙타를 타고』
산문집 『물칸나를 생각함』
동요집 『똥뫼산에 사는 여우(작곡 서영수)』
고산문학대상, 경남문학상 등 수상

적막 상점 1

글 한 줄 적고 담배 한 대
또 글 한 줄 적고 담배 한 대
다시 한 줄 적고 담배 한 대
쓴 글 지우고 다시 담배 한 대
지운 글 고쳐 보고 담배 한 대
지운 글 다시 적고 담배 한 대
영 아니다, 고개 흔들며 담배 한 대
다시 글 한 줄 적고 담배 한 대
또다시 글 한 줄 적고 담배 한 대
못 쓴 글 다 지우고 다시 담배 한 대
지운 글 다시 고쳐 보고 담배 한 대
아니다, 아니다, 고개 흔들며 담배 한 대
꽁초, 꽁초, 꽁초, 다시 꽁초
손님은 아니 오고 달빛만 기울어
저기, 수북한 생각의 재떨이
다시 글 한 줄 적고 담배 한 대.

적막 상점 2

내 꿈은 잠시 조는 것
점심 전이거나 저녁 전
아무 생각 없이 잠시 조는 것
고향 뒷산의 소나무를 생각하거나
오래전 내가 올랐던 배바위를 생각하며
아주 잠깐 조는 것
책을 읽거나
글을 쓰거나
기도를 하지 않고
내 꿈은 잠시 조는 것
점심 전이거나 저녁 전
아무 생각 없이 잠시 조는 것
어제 만났던 사람의 생각을 비우고
내일 해야 할 일들을 모두 잊고서
아주 잠깐 조는 것
나의 하느님도 잠시 한눈팔 시간을 좀 줘야지
저 풍경들도 잠시 놓여나 적막을 좀 팔아야지
적막, 적막 내 꿈은 잠시 조는 것
점심 전이거나 저녁 전
아무 생각 없이 잠시 조는 것.

적막 상점 3

나는 이제 어떤 취미를 사도 좋아
아흔아홉 고개를 이미 지났으니까
돌멩이를 주워 모아 탑을 쌓거나
스스로 먼지를 덮어쓰고 골동이 되거나
낡은 우표책을 뒤적거리거나
나는 이제 어떤 취미를 사도 좋아
배추밭의 배추벌레가 되거나
새벽 산의 날다람쥐가 되거나
꽃을 키우는 것도 좋지
정조 때의 실학자 홍만선은
대나무를 키우거나 꽃을 가꾸라 그랬지!
꽃은 어떻게 해보겠는데 대숲은 어쩔까?
대숲은 담양이 좋다는데
대나무 숲이나 걸어보는 거지
그러니 나는 이제 어떤 취미를 사도 돼
버려진 글들이 모이는 헌책방의 책벌레도 좋고
실리지 않을 사진만 찍는 사진사도 괜찮겠지
이미 아흔아홉 고개를 넘었으니까
이미 아흔아홉 고비를 넘었으니까

물조루를 들고 화단을 서성거려도 좋아
아흔아홉 고개를 이미 지났으니까
나는 이제 어떤 취미를 사도 좋아.

적막 상점 4

내게 부족한 것은 딱 백만 원
이백만 원도 아니고 삼백만 원도 아니고
딱 백만 원, 그저 딱 백만 원
없는 듯, 있는 듯 딱 백만 원
이 돈만 샀으면, 있었으면 하는 생각
아이들 용돈도 좀 주고, 나도
괜찮은 옷 한 벌도 사 입고
남 따라 장에 가듯 살아보는 딱 백만 원
어떤 시인은 연탄 이백 장만 있으면
정말 시詩를 잘 쓸 수 있겠다고 했다는데
내게 필요한 것은 딱 백만 원
이백만 원도 아니고 삼백만 원도 아니고
딱 백만 원, 그저 딱 백만 원
이 돈만 샀으면, 있었으면 하는 생각
친구들 술도 좀 사주고, 나도
어디 여행이라도 훌쩍 떠나보고
남 따라 장에 가듯 살아보는 딱 백만 원
잡초처럼 돋아나는 이 생각 딱 백만 원
어떻게 다스릴 수 없는 이 생각 딱 백만 원

없는 듯, 있는 듯 딱 백만 원
내게 부족한 것은 딱 백만 원.

적막 상점 5

내 꿈은 단순해, 지게가 없는 삶
비루한 육 남매 맏이
한 번도 지게를 벗어본 일이 없어
땅마지기도 없는 집 장손
내 등뼈에 붙어서 태어난 지게
정말 내 꿈은 단순해, 지게가 없는 삶
사고 싶네, 지게 없이 척 걸리는 무지개
알 수 없는 무지개는 어디에서 사는가?
색깔도 알록달록 일곱 빛깔로
알 수 없는 무지개 어디서 살까?
내 꿈은 단순해, 지게가 없는 삶
내 등뼈에 붙어서 태어난 지게
한 번도 벗어본 일이 없는 지게
정말 내 꿈은 단순해, 지게가 없는 삶
무지개, 무지개, 무지개
색깔도 알록달록 일곱 빛깔로
무지개는 어디에서 사는가?
나는 한 번도 지게를 벗어본 일이 없어
잘 모르는 무지개.

적막 상점 6

단추가 단추인 것은
모든 열림과 닫힘의 시작이기 때문
내가 결국 나일 수밖에 없는 것은
모든 책임과 영광이 나의 것이기 때문
나의 하루의 시작은 단추를 잠그는 일
나의 하루의 마침은 단추를 여는 일

저기 단추 하나 떨어져 있다
내 그림자를 내가 밟고 간다.

적막 상점 7

시집詩集 한 권을 들고
숟가락으로 천천히 떠먹는다
비빔밥처럼

암소처럼 되새김하는 날이 많은 것은 저 햇살 때문

내 입맛에 꼭 맞는 날이면 후루룩
후루룩 들어마실 때도 있다
국수처럼

어떤 날은 젓가락으로 깨작깨작 떠서 먹는다

먹기 싫어도 체면 때문에
손님처럼
그릇을 비우는 날도 있다

밥상이 사막처럼 너무 건조하면
염소처럼 까만 똥을 눌 것이다 나는

멀리서부터 풀이 짙어 오는 생각

시집詩集 한 권을 들고
숟가락으로 천천히 떠먹는다

시집詩集 한 권을 들고
시집詩集 한 권을 들고서

호흡처럼 삼켰다가 내뿜는 것은
지독한 저 담배 냄새 때문.

적막 상점 8

나프탈렌 하나 살 수 없는 면 소재지
영어과 처녀 선생 새로 오셨네
아침마다 굿모닝
양장 투피스에 하이힐

참 이유 없는 가려움이네

월, 화, 수, 목, 금,
눈만 껌뻑거리는 시골 촌닭들

하늘은 따사로워 개나리가 피었다가 진달래가 피었다가

아침마다 새 옷에 눈을 박는데
봄날 화단은 요일마다 눈썹을 다시 그리고
적막 상점도 늘 새롭네
붉은 벽돌집 하나 없는 면 소재지

빨, 주, 남, 보, 파 남, 보
날마다, 날마다 색깔이 바뀌는 칠면조

꿩 같기도 하고
닭 같기도 한
아침마다 굿모닝

참 이유 없는 가려움이네.

적막 상점 9

세상의 모든 일은 인력에 의해 당겨지거나 밀려나지

배가 고프면 식당이 보이지 않아
온통 커피집뿐이지
내가 한가로워지면 늘 그대는 바빠

파리채를 들면 늘 파리는 흔적도 없지

담배를 끊을까?
생각하면 담배가 땡기는 일이 생겨
세상일은 늘 이렇게 서로를 당기거나 밀지
꽃이 벌을 당기듯
입술이 입술을 당기듯

이 금도끼가 네 도끼냐?
이 은도끼가 네 도끼냐?

구름이 구름을 밀 듯
바람이 바람을 밀 듯

세상의 모든 일들은 인력에 의해 당겨지거나 밀려나지

연필을 깎을라치면 칼이 보이지 않고
칼을 찾으면 연필이 보이지 않지
파리채를 들면 파리는 흔적도 없지

내가 시간을 내면 그대는 늘 바빠.

적막 상점 10

패설悖說은 조개들의 수더분한 이야기
뻘 속에서 나와서 뻘 속으로 들어가지

개펄은 너무 넓고 광활해
끝도 없이 이어지지

듣는 이도
말하는 이도
노을이 진 후나 가능해

쏘주를 한 병 들이킨 듯 늘 불그스름하지

그래서 패설悖說은 발자국같이
뻘 속에서 나와서 뻘 속으로 들어가지

새조개도
대합조개도
다 입 다무는
개펄은 너무 넓고 광활해

끝도 없이 이어지지

쏘주를 한 병 들이킨 듯 불그스름하지.

이달균

1957년 경남 함안 출생
1987년 시집 『南海行』, 무크 『지평』으로 문단 활동 시작
계간 『시와 생명』 편집인 역임
현재 (사)한국시조시인협회 부이사장
시집 『늙은 사자』 『문자의 파편』 『말뚝이 가라사대』
『장롱의 말』 『북행열차를 타고』 『南海行』 등
현대가사집 『열두 공방 열두 대문』
영화에세이집 『영화, 포장마차에서의 즐거운 수다』
주요 수상내역으로는 중앙시조대상, 중앙시조대상신인상,
경남문학상, 오늘의시조문학상, 경남시조문학상,
성파시조문학상, 2016 올해의 좋은 시집상,
경상남도문화상, 마산시문화상 등

블라디보스톡 간다

아무르강은 서정적이지 않다
이곳에선 삭막한 하늘을 날아온 모래알도
강바닥에 닿지 않는다
갈대꽃 흩날려 또 하나의 생명을 점지하지도 않는다
흘려보낸 시간은 어디로 갔나
열차는 교감도 없이 얼음의 거인과 평행으로 달린다
죽음과의 경계, 마른기침도 뒤채임도 없이
대지를 나누는 아득함
저 아래, 얼음장의 켜, 훑고 떠나는 계절풍 아래
"그래도 연어는 있다, 연어는 있다."고 스스로 위로하며
값싼 보드카 한 병 비운다
하바로프스크, 하바로프스크의 저녁에 시작하여
블라디보스톡의 새벽까지 사선으로 내달리는 눈발
묵은 세탁물 같은 담요를 걷어내고 창밖을 본다
자작나무숲은 보이지 않는다
빅토르 최의 음악도 생각나지 않는다
그저 두꺼운 암흑의 벽을 지나 혹시 만날지 모를
낯선 새벽을 향해 몸을 맡길 뿐

유리琉璃의 생

호를 절제節制로 지은 사람이 있다
절제하고 절제하면 도道에 이를까

바람은 조심조심 오지 않는다
비도 옷깃 여미며 오지 않는다

아무도 소금을 동이 째 먹지 못하고
무소유를 한가득 소유할 순 없다

고양이처럼 벼랑 위 유리의 길을
발끝으로 걷는 이여

이제 그만 내려오시게
맘 가는 대로, 몸 가는 대로
그냥 살다가시게

세일즈맨

오일장 떠돌며
"나환자촌에서 나온 명약!"이라
떠드는 이가 있었다

다방을 돌며 은밀히
"안 서는 사람, 서게 하는 약 있다"며
접근하던 사내도 있었다

지금도 어느 절간 아래서
지네와 배암 가루, 굼벵이 파는 이가 있다

나도 10년간
이 약국 저 약국 떠돌며
날렵한 뱀의 혀처럼 약을 팔았다

눈에 넣어도 안 아픈 개안수, 습진, 무좀, 소양도 씻은
듯 없앤다는 연고며 재수 없이 얻어걸린 아이 떼는 약,
술병으로 속 쓰린 아침도 거뜬하다는 알약……

면허도 없이, 면허 있는 그들에게 다가가 약을 팔았다
내겐 약국이 오일장,
하염없는 전장이었다

좋은 약은 쓰다
모든 삶은 쓰다

꽃 피고 꽃 지는 사이

흔들흔들 거리며 세월이 걸어온다
건들건들 거리며 마중 나간다

세월은 허랑한 신神처럼 앞서 가고
나는 건달乾達처럼 따라간다

건달!
불교에서 음악을 담당하는 신
그 신을 품고
신나게 탬버린 치며 놀았다

세월은 마이크를 타고 흔들흔들 지나간다
술병을 지나, 빈 의자를 지나
바쁘지도 느리지도 않게
일정한 속도로

꽃 피고 꽃 지는 사이
벌써 육십 년을 걸어왔다
그래, 그런 속도로
건들건들

오발탄

60년대 영화 '오발탄'을 보면서
기억에도 없는 한심한 그때를 그리워한다
그 우울한 담요가 편한 건 왜일까?

유치한 사랑에 끌리는 것은 병이다.
어쩌면 불치병일 가능성이 있다
아내가 청소해 둔 깨끗한 방을 피해
자꾸 지저분한 자취방으로 돌아온다

누군가를 그리워하다가도 깊숙이 다가오면
적당히 거리를 두는 익숙한 습성
너무 다가오지 마라, 난 비수를 가졌다

그런 널 피하고 싶다
흡사 그곳에 피안彼岸이 있는 것처럼,
밀림에서 더 깊은 밀림을 그리워하는

타인의 삶

타인으로 8년을 살았다
남의 이름으로, 남의 생각으로

쓰고 말하고, 쓰고 말하고
행복하다, 아니다, 행복하다, 아니다……
불행하다, 아니다, 불행하다, 아니다……

사람들은 말한다,
그게 어디냐고
나도 말한다,
이게 어디냐고

동의하고 부인하고
부인하고 동의하며……

믹서기

며느리가 이놈을 보내왔어

단추를 누르면 날래 갈리지

무거운 저놈을 치워야것어

이제 어이는 필요 없어

그러니 어이없을 일도 없것어

곰보 김씨의 말

나는 얽었지만 하늘은 얽지 않았다

나는 얽었지만 강물은 얽지 않았다

그래, 나는 곰보다

예전 웃으며 놀려대던 그 살짝곰보다

이미 사라진 바이러스 천연두

그 존재를 증거하는 화석으로 살고 있지만

내 생은 얽지 않았다

오늘 이 하늘, 이 강을 걷는

곰보 아닌 곰보딱지가 너무 많다

봄날

톳마루에 앉아 "나비야" 하고 부르니
쪼르르 고양이가 다가온다

문간 밖으로 뒷짐 걸음 걸으니
나비도 천천히 따라 걷는다

노인 어깨 위로 날개 접어 앉는
나비 한 마리

어떤 시인

밀물이 먼저 왔는지 썰물이 먼저 왔는지

밀물의 거리만큼 썰물도 밀려가는지

저 낮달의 뒤편엔 어떤 무늬가 있는지

갈매기 언제 쉬고 언제 다시 일하는지

참, 딱도 하다

그 사내

이서린

경남 마산 출생
1995년 경남신문 신춘문예 등단
2007년 월하지역문학상 수상
시집 『저녁의 내부』
경남시인협회 회원, 가향 동인
주책밴드, 인문학 '돗귀' 멤버
문학치료, 소통, 시낭송 강사

자작나무처럼

발해부터 붉은 피를 흘리고 흘려 살과 함께 광야에 뿌
렸다

하얀 뼈들이 가지런한 저 들판
우우우 울다가
저벅저벅 걷다가
때론 멈추어 해바라기를 하는
하얀 뼈들의 행진

피로에 지친 혁명의 냄새들이 몸을 쉬던 숲
눈 덮인 설원에 울렸을 늑대들의 긴 하울링

얼음 같은 강물 따라 머리 풀어헤치고 나는 가네
울지도 않고 웃지도 않고
거친 바람에 뜯기며 나는 가네
흰 이를 드러내 지지 않는 태양을 물고
핏물 번진 하늘을 향해 나는 가네

우리가 손을 잡고 왔던가

어느결에 각자 걸어가는 무수한 발자국
너의 등을 바라보며 나는 또 등을 보이고
알 수 없는 생각에 안개가 덮치고
순식간에 사라진 옆이 슬펐다

마디마저 아름다운 하얀 정강이
군락을 이룰 때 비로소 아름다운
자작자작 서 있는 눈부신 뼈처럼
광활한 하늘 아래 행진하는 저들처럼

그래 우리, 서로의 곁이 되었으면

곰팡이

#1
꽃이라 하면 안 되나

#2
세상에 나오려 필사적으로 번지는 저,
스멀스멀 타고 오르는 기억처럼
어둠의 체액을 먹고 자라는 눈물처럼
꺾을 수도 뽑을 수도 없는

#3
이 방이에요, 그 사람이 사라진 장소가

#4
창을 열어도 밖은 벽
빛이라곤 형광등이 전부인 동굴 같은 방
밤마다 환청처럼 들리는 물 흐르는 소리
찬 바닥에 귀를 대고 엎드리면
소리 따라 먼 강가에 닿을 것 같아
핏줄이 넝쿨처럼 뻗어 갈 것 같아

#5
꽃이라 하자
팽팽한 습기를 빨아들여 무럭무럭 자라는
침묵의 항변
입속에서도 움트는 지독한 목숨

#6
　아무도 침입한 흔적은 없었어요. 문도 안으로 잠겨
있었고 창문은 누가 들어올 만한 구조가 아니고요. 이사
와서 왔다 갔다 하는 것을 몇 번 보긴 했는데 한동안 보
이지 않더라고요. 월세가 두 달 밀려서 찾아왔더니……

#7
어느 날 한 사람이 사라진 방에 도배하듯이 만개한
검은 포식자
방 안 가득 뒤덮은 무서운 속도
반지하에서 그가 보았을 세상의 거리
스스스 자욱한

슬픈 냄새가 숨긴 한 생의 흔적

#8
꽃이 되고 싶었던
한때는 누군가의 꽃이었던

존재를 켜두고 있는 중입니다

구부정한 어깨의 남자가 개를 데리고 산책한다 검은 바지 검은 점퍼 반쯤 대머리 하얀 털의 개와 서성이는 공사장 근처, 거대한 커피숍이 들어설 예정인 저곳은 한 때 오도카니 국숫집이 있던 자리

허허벌판에 국숫집이 생기고 도무지 장사가 될 것 같지 않은 가게 앞 벚나무가 일 년에 한 번 꽃그늘을 만들면, 국수 삶던 여자는 잠시 나와 이마에 손을 대고 하늘을 보고 나무에 매인 개도 하늘을 보고, 국수를 먹거나 근처를 오가며 매번 보태던 나의 염려에 대답 없이 웃던 여자가 사고로 죽고 국숫집도 사라지고 감쪽같이 사라지고

들리는 바엔 전 남편인지 동거남인지 여자가 키우던 개를 데려가 가끔 국숫집이 있던 자리를 배회한다는 것이다 국수 대신 커피가 채워질 자리엔 들썩들썩 사람들이 몰려오겠지

누가 살다 간 장소를 기억하고 누군가를 떠올릴지도 모를 누군가에 의해 존재는 추억으로 계속될 것이다

종아리

하얀 종아리들이
빗속을 뛰어간다
시커먼 구름이 소나기를 몰고 와
거리는 순식간
야단법석이 따로 없다
가방을 머리에 인 교복의 소녀들
소나기가 즐거운 양
웃으면서 뛰어간다
김밥천국에서 김밥을 먹던
까르르 소녀들을 눈으로 좇던 나는
왜 슬퍼지는가
첨벙이며 빗속을 가는 소녀야
무엇이 되고
누군가가 될 소녀야
이만큼 건너와서 보이는
세상의 결
아직 모르겠지만 그렇겠지만
뽀드득 마알간 종아리처럼
하얗게 터뜨리는 웃음처럼

그런 순간들이 오래
소녀들을 데리고 가 주기를
단무지를 집으며 희망해본다

꼬리

저 꼬리 봐라
대문을 들어서기도 전
맹렬하게 흔드는 저 꼬리 좀 봐라
때려야만 팽팽 돌아가는 팽이보다 오래
쉬지 않고 돌리는 순정한 것들
긴 혓바닥 선홍의 속살 보이며
순식간에 달려와 핥는 애정의 행각
생각보다 마음보다 먼저 반응하는
몸의 기억
격하게 꼬리 치는 본능적인 사랑
당신 보여?
당신만 보면 숨 가쁘게 꼬리 치는 내 마음
먼발치 당신만 보면 이미 피어나는 내 얼굴
나를 보면
당신도 저렇게 꼬리 쳐 줄래?

그래, 눈사람

눈물을 흘릴 줄 알아 사람일 것이다
사라지는 것을 슬퍼할 줄 아는

한낮의 독서

볕이 창을 넘는다
물기 남은 손가락으로 부드럽게 살짝
그의 몸을 연다

먼지와 에릭 사티의 멜로디 사이
건조한 그의 몸에서 나는 소리가 좋다
손가락이 지나는 살갗마다 전해지는 그의 기분
하늘색 요를 펼친 바닥에 알몸으로 엎드리면
꿈틀거리는 생각 위를 덮치는 진지한 대화
쉬운가 하면 어렵고 어려운가 하면 다시 쉬워지는 그
만의 연애방식
엎치락뒤치락 체위를 바꿔가며 그를 알아갈 때
핏줄마다 즐거운 파도가 인다

때로는 한숨이
때로는 안타까움이, 미련이, 미칠 듯한 절정과 허무함
이 교차하다
마침내 몸을 일으키면
창밖의 소란에 묻어오는 일상과 햇살의 냄새

짜릿한 낮술처럼 부푸는 방
정갈하고 서늘한 그의 이마에 새겨진 문장을
천천히 입술로 더듬는다

나는 맑은 샘물과 고인 물이 가득한 항아리여서 조금
만 몸을 기울여도 근사한 생각의 물줄기가 흘러나온다. *

* 보후밀 흐라발의 『너무 시끄러운 고독』 중에서

얼레지, 꼴리리

당신 때문이에요
아니, 어쩌면 발랑거리는 심장 때문일지도

온 천지 더운 숨결
그럴 수밖에 없다는 걸 당신은 아셔야 해요
저수지는 산을 품고도 능청스럽고 구름은
그 산을 찾아 기웃거리고

이슬에 젖은 여섯 폭 치마
행여 님이 올까 발돋움하던 시간

발자국 소리에 달아오른 얼굴
속곳 보이는 줄 모르고 뒤집어쓴 치마

백치 같은 마음을 어쩌겠어요
떨리는 가슴을 어쩌겠어요
이미 말아 올린 치마
뛰어든다 한들

그래요
당신은 어쩌겠어요

에인다는 것

1.
검정 고무신 뒤축을 뒤집어 나뭇잎 하나 올리고
물 위에 띄우면 돛단배처럼 돌돌돌
개울 따라 잘도 갔다
누가 누가 빨리, 멀리 가나 내기하다 놓친
끝내 잃어버린 고무신 한 짝
넘어지며 무릎 깨지며 쫓아가다 울었던
엄마한테 반쯤 죽고 꿈에서도 서럽던
흠뻑 젖은 옷으로 집으로 돌아온 그 날 이후

2.
저벅저벅 닳은 뒤축으로 세상을 건너와
현관에 벗어놓은 구두를 보면
크게 입 벌린 먼지 묻은 구두를 보면
소리 없는 비명이 들리는 것 같고
배가 고파 웅크려 우는 아이 같고
밤새 허공을 헤맬 것 같아
잊었던 기억을 찾아 떠날 것 같아

3.
오늘도 전쟁터를 지나 집에 당도한
절규처럼 입 벌린 구두의 꿈이
돛도 사라지고 닻도 없이
영영 돌아오지 않을 고무신 한 짝이
별똥 떨어지듯 생각나는 거야
가끔 가슴 에이도록 생각나는 거야

다만

풀이 사라진 자리에 흙더미가 쌓였다

며칠 만에 벌어진 일이다
어떤 사건은
어떤 변화는 그렇게 눈 깜짝할 새 나타난다

몇십 년 만에 찾아온 추위 속으로
조그만 여자는 떠났다
남은 자들은 술집을 전전하였고
목멘 소리로 부른 노래는 밤거리에 흩어졌다

말할 수 없는 것들이 있다
끝내 말하지 못하는 것이 있다
입술을 벗어나지 못하고
가슴에 꽁꽁 언 그 말, 말들

긴 겨울이 아직 남아있을 뿐

이월춘

1957년 창원 출생
경남대학교 사범대 국어교육과 및 동 대학원 졸업
1986년 무크 『지평』과 시집 『칠판지우개를 들고』로 등단
한국작가회의, 경남문협, 경남시협, 진해문협 회원
시집 『그늘의 힘』 『감나무 맹자』 외 4권
문학에세이 『모산만필』
편저 『벚꽃 피는 마을』 『서양화가 유택렬과 흑백다방』 등
경남문학상, 경남작가상, 월하창원문학상, 진해예술인상 수상
진해남중학교 교장

구로

동네 진숙이가 중학교를 마치고 취직한 곳이 공단이
었다
　방 한 칸 부엌 반 칸 월세방에서 친구와 둘이 살았다는
뒷골목
　마산 수출자유지역이나 한일합섬 앞도 그랬다
　가판대에 월남치마가 누워있고 순대 국물 냄새가 묻어
있던 동네

　딸이 대학을 졸업하고 들어간 곳이 디지털단지였다
　한번 다녀가시라는 문자에 석 달을 미루다가 넥타이를
맸다
　공단과 디지털단지가 어떻게 다른지 알기 전에
　지하철 자동문이 열렸다 닫히고 늘어선 원룸 골목 방
한 칸

　예나 제나 청춘의 늑골 아래로 바람이 분다
　고속버스를 타고 지하철을 타고 한참을 걸어서 마주
앉아
　뼈다귀해장국에 밥을 말다가 소주만 두 병 비우고

세대와 세대 사이에 방황이 있고 저렇게 딸들이 아들
들이 있고

자다가 깨기를 반복해도 나는 너의 일기가 될 수 없다
내가 네 눈에서 경이驚異와 슬픔을 읽듯이
나이 든 아비의 몸에서 제발 편견이나 눈물을 보지는
마라
정신의 마당에 무수히 자란 풀을 뽑듯 그냥 숟가락을
들자

다랑어

인생은 자전거 타는 것과 같다고
상대성이론의 아인슈타인이 말했지
살려면 지속적으로 움직여야 한다
태평양도 좁은 다랑어처럼
스스로 바퀴를 굴려야 살 수 있지
중학생 아들은 시간이 너무 느리게 간다 하고
아내는 벌써 한 해가 갔다고 한다
하지 말았어야 할 사랑은 무엇이며
운명의 섬광에 눈먼 사연은 또 무엇인가
추억이나 사랑엔 늘 물기가 묻어있지
근사한 통속에 소주 한잔 올린다
살다 보면 무너질 때가 있다지만
실패의 다리를 건너 계속 걸어야 하겠지
부러질 듯 넘어질 듯 비틀거리지만
뱃살 근육을 키우기 위해 쏜살같은 다랑어처럼
삼세인과三世因果의 수레바퀴를 따라 돈다

카르페 디엠

북서풍이 헛기침하는 날
나무들이 피로사회, 소진消盡시대하며 운다
우리말을 부리는 사람의 마음결에
스르륵 묻어 들어 온기를 만나고 싶다
호박고구마 찌고 살얼음 낀 동치미 국물
밀밭에 보리가 나면 잡초가 된다는
겨울밤 삽작문 밖 어머니 목소리 들으며
갓 구운 빵을 손으로 찢어먹는 딸아이와
강둑길에서 네 잎 클로버의 한 잎을 찾는 내가
매일 행복하진 않지만 행복은 매일 있다고
사흘 춥고 나흘 미세먼지라는 삼한사미에도
창틀의 난화분에 물을 주어야겠다

다시 새해
— 낙동강

창밖은 다시 안개의 나라다
신을 믿지 않고는 살 수 없을 것 같은
강의 이쪽과 저쪽의 사람들
노승처럼 고고하고 엄정한 풍경에
새벽부터 자정까지 바람이 불더라도
한마디 대꾸도 없이 다리를 건너야 하리
누군가 살아있던 어제는 햇살이었고
죽은 오늘은 어둠의 한가운데다
싫어하는 일 꾸역꾸역 하지 말자
슬럼프 없는 인생은 없다며
승리하면 조금 배우고
패배하면 많이 배운다잖느냐
오늘 다시 생각한다
나는 누구인가
왜 사는가

월천공덕越川功德

어시장의 새벽처럼 생이 통통거렸다
너의 등짐과 나의 어깨짐을 바꿔 지고
세상의 흔들다리를 건너가세나
칠석날 까치와 까마귀 몸다리를 건너거나
출렁출렁 돌다리를 두드리며 가도
다리마다 월천공덕越川功德의 일등 선행 있나니
걸음마다 우리 그 착한 마음 읽으며 가세

오지선다 인생

심심함에서 무기력함까지 가는데
십육 년이 걸렸다 검은 주술의 시험지처럼
봄에서 겨울까지 형형색색의 바람이 불고
하나뿐인 정답을 찾아 조국인지 연인인지 임을 풀이했다
내 느낌에서 세상의 의도까지 닿으려고
내 관점 따위 사랑채 담벼락에 걸어두었지
인생, 더러 오해 좀 하면 어때
어차피 인생은 요점정리가 안 된다는 것
둘일 때도 있고 정답은 늘 있다지만
오지선다의 음표를 따라
생각이 말과 함께 외출해 버린 지금
스무 해가 넘도록 두리번거리는 나날

아둔패기 남자

넌 정말 많이 변해버렸다고
환갑을 지난 어느 날
한 친구가 말했다
꿈을 이루기는 한 걸까
자리를 잘 잡기는 한 걸까
넌 너무 변하지 않아서 문제야
술잔을 들며 다른 친구가 말했다
마치 실망할 준비를 한 사람처럼
홀연 길을 잃고 세상과 두절되고 싶다
나는 언제나 누구에게나
손가락질받고 사는
아둔패기 남자 한 마리

반려(伴侶)의 무지개다리

몽골 초원에서는
기르던 강아지가 죽으면
꼬리를 자르고 땅에 묻는다고 한다
다음 생에는 인간으로 태어나라고
축복일까
재앙일까
그래, 나는 모르겠다

사랑은 종종 뒤에 있다
가까운 기억과 먼 기억 사이에 추억이 산다

벌교에서

꼬막 껍데기 아무 데나 버리지 마라
진회색 저 굵은 주름 보이지 않느냐
해종일 뻘배 타고 기고 또 기던 엄니
뻘물 끝에 피어오르는 붉은 낙조 보아라
피 맛을 지나야 단맛이 오는 꼬막인데
가볍고 환한 삶이 어디 있나
바구니 허리춤에 매달고 얼음뻘 헤집던 아부지
바다 옆에 집 짓고 사는 마음 붉게 타버린 얼굴
꼬막 껍데기 함부로 밟지 마라
한 남자 한 여자의 굵고 선명한 주름 안에
허무와 염세와 신파의 터럭 한 올 없느니
천하에 불효막심한 작대기 몇 개나 들었을까

조기

때가 되면 제자리를 찾아오는 물고기
소금에 절여도 모양이 구부러지지 않는 물고기
속이 깨끗해 부끄러움을 아는 물고기
함부로 더러운 무리에 끼지 않는 물고기
그래서 예의염치禮義廉恥가 있다는 물고기
그걸 말리면 굽히지 않는다는 굴비屈非가 되는데
아직도 살 맛 못 살 맛 가리지 못하는
시인 물고기 한 마리 있다

해설

시詩의 궤도를 도는 작은 위성들

이 달 균(시인)

1. 들머리

삶은 계속된다. 2018년의 하로동선夏爐冬扇도 그렇게
흘러간다. 여울에 모래톱이 쓸려나가도 강물은 여전히
낮은 곳으로 가고, 그 위로 세월이 흐른다. 무엇이 변하
는가. 가을을 밟고 겨울이 와도 그 온기와 빛깔이 바뀌
었을 뿐, 시간의 바퀴는 일정하게 반복된다. 지난해 우
리가 쓴 시들엔 벌써 이끼가 앉았다. 시에서 놓여나는
일과 시를 잊고 사는 것도 일탈이라면 일탈일진데 다행
인지 불행인지 우리는 아직 그 궤도를 벗어나지 않은 채
계속 돌고 있다. 시를 둘러싼 위성들은 올해에도 이렇게
머물러 있듯 내년에도 그 주위를 돌고 있을 것이다.

2. 청춘의 늑골 아래 피어나는 검은 곰팡이

아래 시는 하로동선 3집을 준비하면서 제일 먼저 눈에
띈 시다. 우리들의 시업이 그렇듯 앞서 말한 삶의 모습
또한 이렇게 반복된다. 이월춘 시인은 81년 '살어리 동
인'을 할 때부터 투박하지만, 묵묵히 제 길을 가는 이웃
의 얘기를 써 왔다. 그가 만난 그들은 "둑길을 밟으며 누
렇게 채독 오른 얼굴/ 턱수염 쓸어가며" 새마을 공장 가
는 사람, 혹은 "빈집이 더 많은 마을을 배회하는 또 다른
바람과 만나/ 거짓희망을 접어 종이비행기" 날리는 고향
마을 농투성이들이었다. 그가 만난 이들은 더러 저승길
을 갔고, 남은 이들도 주름투성이에 틀니로 수리되지 않
는 세월을 살고 있다. 그런 그들에 대한 애정은 농촌에
서 도시로, 주인공 이름만 바뀐 채 여전히 진행형이다.

80년대를 지나며 우리는 예측할 수 없는 내일에 대한
두려움에 젖었던 것이 사실이다. 미래를 예언하는 학자
들은 인간 직업의 상당 부분이 인공지능과 첨단기술로
대체될 것이며 그로 인해 사고 역시 예측을 벗어날 수
있으리라 경고했다. 불확실한 디스토피아의 미래는 일
정 부분 그 예측과 일치하기도 한다. '4차 산업혁명'의
부작용이 그렇고 인간을 뛰어넘는 AI의 등장이 그렇다.
하지만 그런 불가해의 늪을 걱정하기엔 현실이 버겁고
당장 내 앞에 마주친 것을 극복하기에도 힘에 부친다.

동네 진숙이가 중학교를 마치고 취직한 곳이 공단이었다
　방 한 칸 부엌 반 칸 월세방에서 친구와 둘이 살았다는
뒷골목
　마산 수출자유지역이나 한일합섬 앞도 그랬다
　가판대에 월남치마가 누워있고 순대 국물 냄새가 묻어
있던 동네

　딸이 대학을 졸업하고 들어간 곳이 디지털단지였다
　한번 다녀가시라는 문자에 석 달을 미루다가 넥타이를
맸다
　공단과 디지털단지가 어떻게 다른지 알기 전에
　지하철 자동문이 열렸다 닫히고 늘어선 원룸 골목 방 한 칸

　예나 제나 청춘의 늑골 아래로 바람이 분다
　고속버스를 타고 지하철을 타고 한참을 걸어서 마주 앉아
　뼈다귀해장국에 밥을 말다가 소주만 두 병 비우고
　세대와 세대 사이에 방황이 있고 저렇게 딸들이 아들들
이 있고

　자다가 깨기를 반복해도 나는 너의 일기가 될 수 없다
　내가 네 눈에서 경이驚異와 슬픔을 읽듯이
　나이 든 아비의 몸에서 제발 편견이나 눈물을 보지는 마라
　정신의 마당에 무수히 자란 풀을 뽑듯 그냥 숟가락을 들자
　　　　　　　　　　　　　　　　　　　　－ 이월춘 「구로」 전문

취직한 딸을 만나고 온 아버지는 그리 편치 않다. 혼자 소주 두 병 비우고, 과거를 떠올린다. 산업화 시대, 우리들 청춘의 신산했던 아픔은 정보화 시대인 현재에 어떻게 투영되는가. 안타깝게도 아직도 청춘들은 그런 고민에서 해방되지 않고 있음을 확인한다. 하지만 아비로서 어떻게 해 줄 도리는 없다. 그저 '정신의 마당에 무수히 자란 풀을 뽑듯' 담담히 하루하루를 살아가라고 말할 수밖에 없다. 오늘 자란 풀을 오늘 뽑지 않으면 풀밭이 되고 말 것이다.

시대는 변했지만 삶의 풍경은 너무나 닮아 있다. '동네 진숙이가 중학교를 마치고 취직한' 70~80년대의 공단과 오늘날 딸이 취직한 '디지털 공단'과는 얼마나 다른가. 그때의 자유수출지역 근처 "방 한 칸 부엌 반 칸 월세방"과 오늘의 "원룸 골목 방 한 칸"과는 또 얼마나 다른가. 시인은 "청춘의 늑골 아래로" 시린 바람이 부는 현실을 만났을 뿐이다. 공중전화기에서 휴대폰으로, 수동 채널에서 리모컨으로 변했을 뿐이다. 아비는 아비대로, 너희는 또 너희들의 오늘을 살아가야 한다.

오늘날 하로동선의 시인들이 예전 중국집 이 층에서 짬뽕 국물 놓고 모여 앉아 시를 얘기하던 20대와 별반 다르지 않다. 어쩌면 그런 동질감이 시를 떠나지 못하게 하는 것인지도 모른다. 기성세대가 추억을 먹고 살 듯이 시인들 역시 그 식어빠진 추억의 빵을 뜯어 먹으며 산다. 현학으로 포장된 미래를 생각할 필요는 없다. 미래의 시는 AI에게 맡기면 더 멋진 시구들로 채워질 것이기에.

회식 도중 문자로 수신된 부고를 보다가
그만 전화기를 곰탕 국물에 빠뜨렸다
얼른 건져서 배터리 분리하고
휴지로 닦고 라이터로 말렸다
확인 못한 메시지가 곰탕을 먹었다
버튼을 누르면 느끼하고 비릿한 기계음을
트림처럼 내뱉었다
삼가 고인의 명복을 빕니다
발인은 내일 새벽 7시 장지는 상복공원
남의 부고를 알리고 자정쯤 전화기는 죽었다
방전된 삶의 영혼과 육체를 분리했다
내일은 전화기부터 살려놓고 문상을 가야겠다
꿈속에 고인이 된 사람과 곰탕을 먹었다
펄펄 끓는 사골 국물 속에서 전화기가 울렸다
　　　　　　　　　　　　　　 - 김시탁 「부고」 전문

김시탁이 풀어내는 일상은 평범하면서도 예리하다.
'평범함'은 우리가 늘상 겪는 삶의 모습을 의미하고, '예
리함'은 그 속에서 핀셋으로 집어낸 미묘한 갈등의 한 부
분을 의미한다. 우리는 모두가 타인이다. 단지 타인임을
말하지 않고, 감정과 감정의 끈에 묶여있는 듯 보인다.
어쩌면 살가운 연기가 아닐까. 그런 민낯을 보는 것이
두렵기도 하다. 시인은 짐짓 아무렇지도 않게 불편한 낯

짝을 드러낸다. 구체적으로 '내일은 전화기부터 살려놓고 문상을 가야겠다'는 진술, 내가 아는 누군가가 화자라면 우정을 의심할 테지만 기실은 우리가 모두 가진 베일 뒤의 모습인 걸 어쩌랴. 철저히 객관화된 나를 바라보는 또 하나의 나, 그래서 더 미안하고 통쾌하다.

꽃샘추위 어떻게 견디려고
병실 창가로 목련 봉오리 맺었다
할머니가 기저귀로 창살을 닦았다

목련 가지 툭 부러지자 덜 익은 생이
떨어졌다 치매도 가슴이 아프냐고
문진 오면 의사한테 물어봐야겠다

입원동의서에 서명한 남자는
연락처를 모른다
아이들의 아버지는 그 남자를 알까

— 김시탁 「치매」 부분

이 시 역시 그런 문법과 다르지 않다. 리모컨을 들고 찾거나 방금 주차한 차를 찾지 못하는 사람을 영상으로 보여주는 식이다. 비단 치매 판정을 받지 않았다 하더라도 이해되지 않는 나를 볼 때가 있다. 분명 나의 이야기인데 인정하긴 싫은 것이다. '치매'라는 병은 비논리적이다. 비단 최악의 결과를 연출한다 해도 그 결과에는 원인이 있기 마련인데 이 병엔 그런 논리가 성립되지 않는다. '치매도 가슴이 아프냐'는 물음은 절묘하다. 덧붙여 '문진 오면 의사한테 물어봐야겠다'고 말하지만 묻기도 전에 이미 답이 없음을 우린 안다. 치매환자와 부고 문자를 받은 전화기가 더 급한 현대인은 닮았다.

이월춘의 눈물이 주탁을 적시는 뜨거움이라면 김시탁의 눈물은 깨진 유리 조각처럼 차갑다. 위에 떨어지는 무심결에 내뱉은 냉소는 가면 속의 얼굴을 풍자한 자화상이다. 무미건조하고 산문화된 사람들은 현대를 사는 우리들과 너무 닮았다. 그런 나를 보는 것이 고통스럽다.

#1
꽃이라 하면 안 되나

#2
세상에 나오려 필사적으로 번지는 저,
스멀스멀 타고 오르는 기억처럼
어둠의 체액을 먹고 자라는 눈물처럼
꺾을 수도 뽑을 수도 없는

#3
이 방이에요, 그 사람이 사라진 장소가

#4

창을 열어도 밖은 벽
빛이라곤 형광등이 전부인 동굴 같은 방
밤마다 환청처럼 들리는 물 흐르는 소리
찬 바닥에 귀를 대고 엎드리면
소리 따라 먼 강가에 닿을 것 같아
핏줄이 넝쿨처럼 뻗어 갈 것 같아

#5
꽃이라 하자
팽팽한 습기를 빨아들여 무럭무럭 자라는
침묵의 항변
입속에서도 움트는 지독한 목숨

#6
　아무도 침입한 흔적은 없었어요. 문도 안으로 잠겨 있
었고 창문은 누가 들어올 만한 구조가 아니고요. 이사 와
서 왔다 갔다 하는 것을 몇 번 보긴 했는데 한동안 보이지
않더라고요. 월세가 두 달 밀려서 찾아왔더니……

#7
어느 날 한 사람이 사라진 방에 도배하듯이 만개한
검은 포식자
방 안 가득 뒤덮은 무서운 속도
반지하에서 그가 보았을 세상의 거리
스스스 자욱한
슬픈 냄새가 숨긴 한 생의 흔적

#8
꽃이 되고 싶었던
한때는 누군가의 꽃이었던

— 이서린 「곰팡이」 전문

　우리들 생은 안녕한가? 안녕한 삶의 커튼 뒤에는 무엇
이 자라고 있나? 장례식장이 TV광고에 등장하는 것은
바로 죽음이 영혼의 제의가 아니라 일상임을 말해준다.
삶이 다양하듯 죽음 또한 다양한 모습으로 다가온다. 문
학 속에서 만나는 죽음의 모습은 추하거나 가혹하거나
때론 매혹적이기까지 하다. '잔혹동화' 신드롬을 일으켰
던 기류 미사오의 저서『알고 보면 매혹적인 죽음의 역
사』엔 신화와 역사 속 매혹적이고 치명적인 죽음과 사랑
들을 열거하고 있다. 결국 저자는 이 책에서 궁극의 에
로스와 궁극의 죽음은 서로 맞닿아 있다고 말한다. 그런
가 하면 코엔 형제가 만든 영화 '파고'는 작은 해프닝을
기획하다 나중엔 눈덩이처럼 연쇄살인에 이르는 어처구
니없는 사회의 한 단면이며, 장 튈레의 소설『자살가게』
는 죽음에 굴복하는 인간의 운명을 참신한 블랙유머와
음산하면서도 기발하게 그려내고 있다. 이처럼 죽음으
로 한 편의 모자이크를 만든다면 제각각의 네모 타일들
은 죄다 다른 빛을 띠고 있다.
　이월춘에서 김시탁, 다시 이서린의 시로 옮아오면 그

고통은 더욱 극대화된다. 이 시에서 등장하는 죽음은 추하거나 가혹하거나 매혹적이지도 않다. 꼬집어 말해보면 절망적이란 표현이 어울린다. 꽃과 곰팡이는 어떻게 다른가? 우선 둘 다 '핀다'는 공통점이 있다. 또한 포자를 날려 자신의 영역을 넓힌다. 꽃은 환희이고, 곰팡이는 피하고 싶은, '검은 포식자'처럼 '스멀스멀' 다가오는 대상이다. '꽃이 되고 싶었던/ 한 때는 누군가의 꽃이었던' 그녀의 몸에서 피어난 곰팡이. 아무도 찾아오지 않은 반지하 방, 햇빛도 들지 않은 방에 혼자 어둠의 영토를 거느린 희고 검은 곰팡이, 그 만개한 슬픔, 아니 슬픔이라 말할 수 없는 아득함. 이서린 시인이 마주한 절망은 '입속에서도 움트는 지독한 목숨'의 값이다.

단절된 곳에서 만나는 절망, 차라리 폐허라 말하면 될 것을 시인은 애써 '꽃이라 하자'고 자신을 위무한다. 혼밥, 혼술, 혼잠은 결국 혼삶의 한 부분일 뿐이다. 독거노인의 죽음은 이제 너무 평범하여 시의 소재도 되지 못한다. 젊은 독거여인의 죽음, 아니 그 죽음을 먹고 피어나는 생명, 즉 "팽팽한 습기를 빨아들여 무럭무럭 자라는/ 침묵의 항변/ 입속에서도 움트는 지독한 목숨"쯤 되어야 시의 소재가 된다.

결국, 이 시의 주인공은 죽은 여인도, 단절된 사회, 혹은 유리된 삶도 아닌 '한 사람이 사라진 방에 도배하듯이 만개한/ 검은 포식자', 죽음을 먹고 자욱이 피어난 검은 생명인 곰팡이이다. 이 곰팡이를 시화詩化하지 않았다면

범작에 그칠 우려가 있었다. 이 시가 특별한 이유는 바
로 여기에 있다.

3. 캥거루 맨, 무대 위의 어릿광대

다 올랐을 성 싶은데
또 오르막

다 내려왔을 성 싶은데
아직 내리막

그때 그 두 사내도
그랬을 것이다

그때 그 두 분 부처도
그랬을 것이다

— 김일태 「백월산」 전문

　위에서 인용한 사실적 시편들에서 벗어나고 싶다면 김
일태의 시를 권하고 싶다. 행간이 넓고 선문답처럼 여백
이 많다. 이 시는 『삼국유사三國遺事』의 이성二聖 이야기
중 하나로 득도에 이르고자 하는 두 젊은 친구 '달달박
박'과 '노힐부득'에 관한 이야기다. 경상남도 창원에 위치
한 백월산白月山은 428m의 고만고만한 높이의 산이다.

그런 산을 일러 '다 올랐을 성 싶은데/ 또 오르막// 다 내려왔을 성 싶은데/ 아직 내리막'이라 표현한 것은 깨달음에 이르는 높이가 예사롭지 않은 탓이리라. 달달박박은 육욕을 걷어내고 정토에 이르고자 하였고, 노힐부득은 중생의 사정에 따르는 것도 보살행이라고 생각했던 것이다. 둘은 각각 다른 수행 방식을 택하였지만 예쁜 여인으로 분해 찾아간 그 날의 관음보살은 둘 다 성불의 경지에 이르렀다고 인정했던 것이다.

짧은 8행의 시구 속엔 이런 사연이 숨어 있다. 묵언하고 묵언하여 번뇌의 바다를 건너라고 나직이 읊조린다. 다가가면 저만치 물러나고 물러나 바라보면 이만큼 다가오는 이치를 어찌 다 말로 하겠는가. 차라리 이렇게 생략하고 생략하여 그 뜻이 전해지길 바라는 시심이 아니겠는가. 그는 어느 자리에서 "병을 앓아 죽음에 가까이 가 본 적 있으므로 두렵지 않다. 오히려 나머지 생은 덤이기에 마음의 여유를 가질 수 있다."고 했다. "요사체 모퉁이"에 버려진 발우에게서 "열반에 든" 부처님을 만나는 여유가 바로 김일태의 시학이다.

　　아이들이 꼬리잡기 놀이를 한다
　　서로의 꼬리 잡히지 않으려고 활처럼 휘어졌다
　　또 늘어지며 너울을 만든다

　　전봇대에 오줌을 갈기고 코를 벌름거리는

놈이나 꼬리가 있는 거야

꼬리가 어디에 있어
원래 꼬리는 없어

갑자기 꼬리를 만져보고 싶었다
꼬리가 없다
꼬리 잘린 도마뱀처럼

고꾸라지며 무너져 내리는 아이들
함성은 꼬리를 잘랐다
누가 말하는가, 본래 꼬리는 없었다고

균형이 무너지고 꼬리는 사라졌다
사라진 꼬리를 찾기 위한 몸부림
도약의 시작이다
　　　　— 민창홍「캥거루 백을 멘 남자—꼬리잡기」전문

　'캥거루 백'은 다중의 표현이다. 백을 든 사내는 넥타
이에 삶을 저당 잡힌 셀러리맨이고, 베이비붐 시대를 거
치면서 경쟁이 몸에 밴 장년을 의미한다. 이 백을 메고
길을 나서기 위해서는 나를 감춰야 한다. 감쪽같이 꼬리
를 자르고 조간신문을 읽는다. 원래 꼬리는 몸의 균형을
위한 것이다. 그러나 우리는 누가 더 완벽히 꼬리를 없
애는가를 경쟁하며 산다. 정체를 숨기고 남의 속내를 들

여다보아야 한다.

사람과 사람 사이에 적당한 거리는 있는가? 시인은 묻지만 대답할 수는 없다. 그런 시대를 사는 시인 민창홍은 행복하지 않다. "두 개의 조간신문/ 거꾸로 읽는"(『캥거루 백을 멘 남자─신문』) 교사 민창홍의 신문읽기 역시 전혀 행복하지 않다. 동일한 사건을 전하는 빛깔이 다른 두 신문, 무엇이 사실이고 무엇이 진실인지 불투명하다. 보이는 대로 살면 눈치 없는 사람이 되고, 행간을 읽자니 하루가 복잡하다. 캥거루 백을 멘 사내들이 바쁘게 지나간다. 그들 속에서 그를 닮은 누가 지나간다.

　　내 꿈은 잠시 조는 것
　　점심 전이거나 저녁 전
　　아무 생각 없이 잠시 조는 것
　　고향 뒷산의 소나무를 생각하거나
　　오래전 내가 올랐던 배바위를 생각하며
　　아주 잠깐 조는 것
　　책을 읽거나
　　글을 쓰거나
　　기도를 하지 않고
　　내 꿈은 잠시 조는 것
　　점심 전이거나 저녁 전
　　아무 생각 없이 잠시 조는 것
　　어제 만났던 사람의 생각을 비우고
　　내일 해야 할 일들을 모두 잊고서

아주 잠깐 조는 것
나의 하느님도 잠시 한눈팔 시간을 좀 줘야지
저 풍경들도 잠시 놓여나 적막을 좀 팔아야지
적막, 적막 내 꿈은 잠시 조는 것
점심 전이거나 저녁 전
아무 생각 없이 잠시 조는 것.
　　　　　　　　　－ 성선경 「적막 상점 2」 전문

　캥거루 맨은 무대 위의 어릿광대다. 그는 위로받고 싶
다. 잠시 나를 비우고, '아무 생각 없이 잠시' 졸고 싶다.
민창홍이 아직 자를 꼬리가 남았다면 성선경의 꿈은 그
저 한순간 무념무상에 젖고 싶은 것이다. 다른 듯하나 알
고 보면 다르지 않다. 민창홍이 분주히 꼬리를 자르고 캥
거루 백을 메고 바쁘게 오늘을 살아가는 자화상을 그려
내었다면 성선경은 '책을 읽거나/ 글을 쓰거나/ 기도를
하지 않고' 잠시 조는 순간을 꿈꾼다. 다시 말하면 청탁
원고에 쫓기며 글을 쓰기 위해 책을 읽어야 하고, 어제를
반성하며 기도도 해야 하는 등 잠시 졸 틈도 없는 나날을
그리고 있다. 백을 걸치고 헐레벌떡 하루를 살아야 하는
인생이나 어제 만난 사람과의 인연의 고리를 끊고 적막
과 졸음에 잠겨보고 싶은 인생은 서로 닮은꼴이다.
　그러나 성선경의 시에 대해 이 글에서 말하고 싶은 것
은 담긴 내용물이 아니라 형식에 대한 것이다. 성선경
시법의 한 전형으로 반복 효과를 통한 시의 확장을 들

수 있겠다. 중얼중얼 읊조리면서 음악을 잃은 현대성에 일침을 가한다. "글 한 줄 적고 담배 한 대/ 또 글 한 줄 적고 담배 한 대/ 다시 한 줄 적고 담배 한 대/ 쓴 글 지우고 다시 담배 한 대/ 지운 글 고쳐 보고 담배 한 대/ 지운 글 다시 적고 담배 한 대/ 영 아니다, 고개 흔들며 담배 한 대" 이렇게 흘려보내는 시법은 이 시인의 익숙하고도 독특한 양식이다. 강조 혹은 점층을 위한 것이 아니라 가사체의 입말처럼 주워섬기는 어법은 흥취를 잃은 현대시의 저변을 넓혀 놓았다. 예전에 쓴 「권주가」 연작에서도 이 방식은 여지없이 통했다. 이를테면 "살구꽃 피면 한 잔 하고/ 복숭아꽃 피면 한 잔 하고/ 애잔하기가 첫사랑 옷자락 같은 진달래 피면 한 잔 하고/ 명자꽃 피면 이사 간 옆집 명자 생각난다고 한 잔 하고/ 세모시 적삼에 연적 같은 저 젖 봐라 목련이 핀다고 한 잔 하고"로 계속 이어지는 시구는 성선경 시학의 이채로운 전형으로 굳어져 가고 있다.

> 아무르강은 서정적이지 않다
> 이곳에선 삭막한 하늘을 날아온 모래알도
> 강바닥에 닿지 않는다
> 갈대꽃 흩날려 또 하나의 생명을 점지하지도 않는다
> 흘려보낸 시간은 어디로 갔나
> 열차는 교감도 없이 얼음의 거인과 평행으로 달린다
> 죽음과의 경계, 마른기침도 뒤채임도 없이

대지를 나누는 아득함
저 아래, 얼음장의 켜, 훑고 떠나는 계절풍 아래
"그래도 연어는 있다, 연어는 있다."고 스스로 위로하며
값싼 보드카 한 병 비운다
하바로프스크, 하바로프스크의 저녁에 시작하여
블라디보스톡의 새벽까지 사선으로 내달리는 눈발
묵은 세탁물 같은 담요를 걷어내고 창밖을 본다
자작나무숲은 보이지 않는다
빅토르 최의 음악도 생각나지 않는다
그저 두꺼운 암흑의 벽을 지나 혹시 만날지 모를
낯선 새벽을 향해 몸을 맡길 뿐
　　　　　　　　　　　　　 – 이달균 「블라디보스톡 간다」 전문

　이 책에 승선하기 위해 이달균은 결코 서정적이지 않
던 그 날의 아무르강 지나며 쓴 서정시 한 편을 실었다.
김우태 시인은 개인 사정으로 작품을 싣지 못했다. 지난
해 그는 1989년 신춘문예 등단 이후 첫 시집을 펴내었
다. 올해는 다시금 시의 길을 갈 작품들을 갈무리하는
시간이 될 것이다. 그의 작품이 실려 있을 2019년 하로
동선夏爐冬扇을 기다리기로 한다.

4. 부질없이 하릴없이, 그러나 또한 기꺼이

　우리는 모두 지천명知天命에서 이순耳順을 지나고 있다.

호주머니를 털어 책을 내는 우릴 향해 "아직도?"라며 껄
껄 웃는 사람이 있을 수 있다. 하지만 어쩌랴? 버리지
못하고 떠메고 다니는 운명의 남루 같은 시詩인 것을. 그
렇다. 우리는 그 시를 중심으로 도는 위성이다. 이름 있
는 별처럼 누군가의 창을 밝히는 별은 못되지만 아직은
그 궤도를 이탈하지 않고 도는 이름 없는 별이다. 부질
없이 하릴없이, 그러나 또한 기꺼이.